春天乘坐於馬車上

横光利一＋いとうあつき

首次發表於「女性」1926年8月

橫光利一

明治31年（1898年）出生於福島縣。早稻田大學政治經濟學系肄業。師事菊池寬，於同時期發表〈蠅〉、《日輪》並以作家身分出道。有「文學之神」之稱。代表作包含《機械》、《旅愁》等。

繪師・いとうあつき（伊藤亜月）

插畫家。文教大學教育部心理教育學程畢業。曾擔任保育員工作，後來轉職為插畫家。畫廊DAZZLE實踐裝畫塾7期修畢學業。著作有《26文字的情書》等。

秋風颯颯，海邊松樹隨之作響，院子裡一角那叢小小的天竺牡丹也縮起了身子。

妻子躺在床上，他便自一旁眺望著泉水裡遲鈍的烏龜。烏龜一游動，水面因晃動而形成的閃亮光暈便映照在一旁乾巴巴的石頭上。

「唉呀，親愛的，那棵松樹的葉片，在這時期美得閃閃發光呢。」妻子說。

「妳在看松樹啊。」

「是呀。」

「我在看烏龜呢。」

兩人再次陷入沉默。

「妳躺在這裡這麼久了，妳的感想就只有松葉美得閃閃發光嗎？」

「是呀，畢竟我已經什麼都不去想了。」

「人類怎可能躺在那裡什麼也不想。」

「那當然還是會想的。我想趕快好起來，真的很想到水井旁邊刷刷刷地洗衣服呢。」

「妳想洗衣服？」

妻子的欲望著實令他感到意外，他不禁笑了出來。

「妳真是個奇怪的傢伙。都跟著我苦了這麼久，卻還想洗衣服，實在奇怪。」

「但我好羨慕自己那樣健康的時候呀。你真的很不幸呢。」

「嗯。」他應道。

他思考著，為了娶這妻子回家，花費了四五年在與她的家庭抗爭；又思考著，和妻子結婚以後，自己夾在母親與妻子之間的那兩年

痛苦的時間；然後回想起，他在母親死後，才與妻子成了兩人相守，妻子卻忽然罹患胸中疾病而躺了下來的這一年的艱辛。

「原來如此，我也覺得想去洗衣服了。」

「我就算現在死了也沒關係呢。不過呀，我還是想多報點恩給你再死呢。這陣子，我老是為了這個念頭感到痛苦。」

「報答我的恩情，妳打算做些什麼呢？」

「這個嘛，我想好好重視你……」

「然後呢？」

「還有好多要做的事呢。」

——但是這個女人已經沒救了，他想。

「這些事情我無所謂啊。我只不過……對了，我要去德國的慕尼黑那一帶，而且總覺得要是下著雨的地方才行。」

「我也想去。」妻子說著，躺在床上猛然蜷起了腹部。

「妳必須好好靜養。」

「不要、不要，我想起來走。扶我起來嘛，好嘛。」

「不行。」

「我死了也沒關係的。」

「死了可就沒意義了。」

「沒關係，沒關係的。」

「唉呀，妳好好躺著吧。接下來妳就把這件事當成一輩子的工作好了，想一個形容那片松葉有多麼美麗閃爍著光芒的詞彙，就一個。」

妻子一語不發。他原先明明是為了轉換妻子的心情，所以才選擇稍微柔和些的話題。

午後的海面，波浪遠遠地就碎散在岩石上，一艘小舟晃悠著船身繞過銳利的海角尖端。以洶湧的深藍色作為背景，海岸邊有兩個孩子拿著熱騰騰的地瓜，坐在那兒彷彿紙屑。

他不曾想過要避開那些接二連三往自己打來的痛苦浪頭。他認為，這些各自性質相異、不斷襲來的痛苦浪頭，就像是起因於自己肉體的存在。打個比方，這就像是用舌頭去舔食砂糖一樣。他下定決心要擦亮各式各樣的感覺之眼，品味痛苦來嘗盡這甜頭，如此一來，最後便能明白何者方為美味。

——我的身體就像一支燒瓶。必須
比任何東西都要來得透明，他心想。

天竺牡丹的花莖枯萎，如繩索般在地上糾結著。海風鎮日由水平線上吹來，是冬天了。

他在漫天的風沙之中，每天出門兩次去尋找妻子想吃的新鮮家禽內臟。岸邊城鎮的雞肉店，他從第一間開始走起，掃視過店家的黃色砧板乃至整間店內，然後開口詢問。

「有沒有內臟呢？內臟啊。」

若是運氣好，店家從冰中取出了那有如瑪瑙般的內臟，他便有如勇者般踏上歸途，將東西放在妻子的枕邊。

「這彷彿勾玉的是鴿子的腎臟；這帶著光澤的肝臟剛從鴨子身上取下；這個就像是被咬下來的一片唇瓣；而這小小的青色卵袋有如崑崙山的翡翠。」

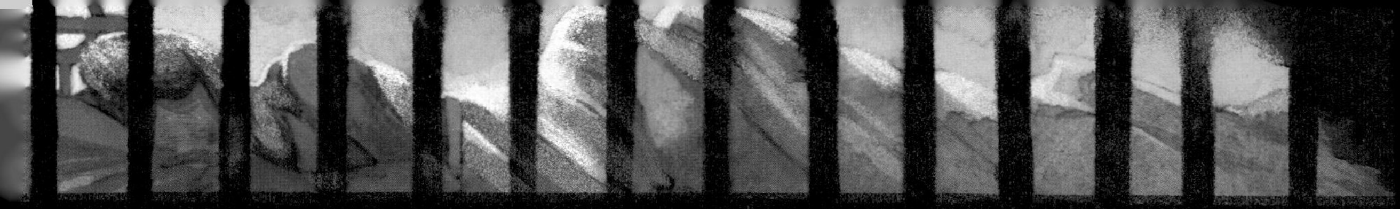

在他饒舌的煽動之下，妻子有如即將面臨初吻一般，在床鋪裡因為食慾大開而不住扭動身子。他總是殘酷地奪走那些內臟，馬上扔進鍋內。

妻子在看似監牢般的床鋪欄杆裡，微笑著注視那沸騰不止的鍋內。

「從這裡看著妳，感覺真是頭神秘的野獸。」他說。

「唉呀，居然說我是野獸，我這樣可也是人家的老婆呢。」

「唔，是個在牢籠裡還想吃內臟的老婆呢。妳啊，無論何時何地，總是隱約浮現出一種殘忍感。」

「你才是呢。你這麼理智，卻又身懷殘忍，似乎無時無刻都在想著要從我身邊離開。」

「那是妳在牢籠中的狹窄見識。」

妻子的感覺是何等敏銳，就連他額頭上剛要成形，都還沒個影子的皺紋也彷彿能夠看清。為了敷衍她，這陣子他總是得先準備好這些結論。即使如此，有時候妻子還是會突然蠻不講理，三番兩次從他的要害猛衝而過、兜起圈子。

「其實我的確不喜歡坐在妳身邊。畢竟肺病這玩意，可不是什麼幸福的東西。」

他曾經這樣直接反擊妻子。

「難道不是這樣嗎？我就算離開妳身邊，也只能在這院子裡兜圈子。我始終被條繩子綁在妳的床邊，就只能在這繩子畫出的圓圈裡頭打轉。這要不能說是可憐，還能說是什麼呢？」

「你呀，你就是想去玩。」妻子語帶遺憾地說。

「難道妳就不想去玩嗎？」

「你是想跟其他女人玩吧。」

「就算妳這樣說，若真是這樣，那又如何呢？」

結果她老樣子哭了起來。他心中一驚，又得要反過來用極為溫婉的方式來解決這個問題。

「這個嘛，我當然不喜歡從早到晚都一直待在妳的枕邊，所以才為了讓妳的身子早點好起來，不斷在那個庭院裡打轉啊，這對我來說也是很不尋常呢。」

「那是為了你自己呀。你的心裡根本完全沒有我。」

被妻子逼到這步田地，自然也會被拉進她那受困籠中的狹窄理論。但自己真的是只為了自己，才咬牙忍著這樣的痛苦嗎？

「妳說得沒錯，我就像妳說的，肯定是為了我自己才忍耐這一切的。但是，我會為了我自己而忍耐，究竟又是誰造成的呢？要是沒有妳的話，我才不會做這種模仿動物園的蠢事。我會做這件事情，究竟是為了誰？難道妳要說這不是為了妳，而是為了我？太愚蠢了。」

每當這種日子，夜晚妻子一定會燒到接近三十九度。為了能讓那單一理論更加鮮明，他只得整個晚上將冰袋的口打開來又給闔上才行。

但是現在，他又得為了釐清自己休息的理由，而幾乎得要每天持續梳理這應當讓自己學會教訓的說法。他為了生活，也為了奉養病人，而在其他房間裡工作。於是她又拿出了那套牢籠中的狹窄理論，開始攻擊他。

「你為什麼這麼想離開我的身邊呢？今天你只進來房間三次哪！我明白，你就是這種人。」

「妳這傢伙也真是的，叫我該怎麼辦才好呢？我為了要讓妳的病況恢復一些，一定得買藥和食物的啊。我若是不動，難道會有人給我錢嗎？莫非妳是要我變魔術？」

「可是，你也可以在這裡工作呀。」妻子說。

「不，我沒辦法在這兒做。我得稍微忘記妳的事情，否則做不來啊。」

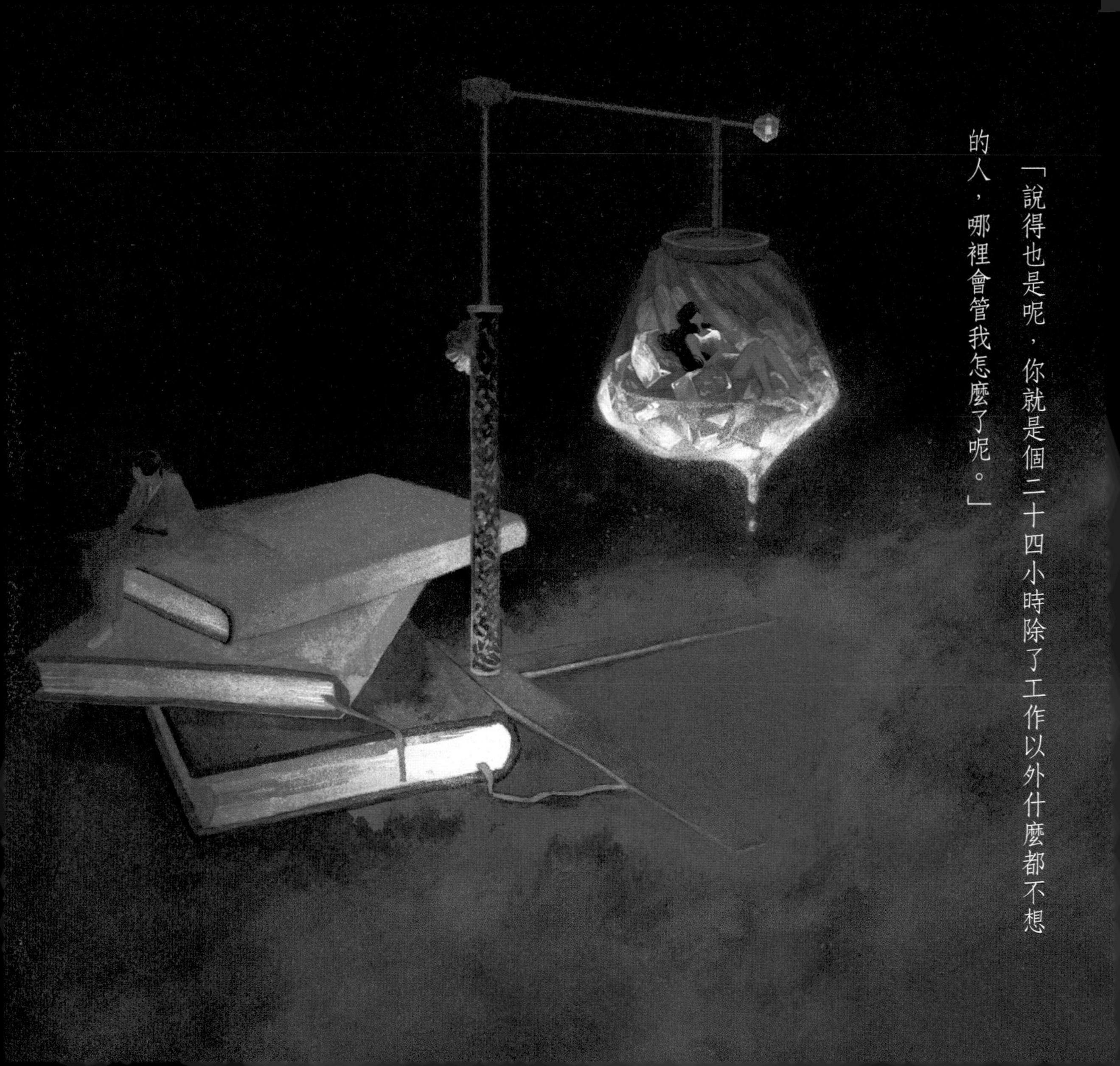

「說得也是呢，你就是個二十四小時除了工作以外什麼都不想的人，哪裡會管我怎麼了呢。」

「妳的敵人是我的工作啊，但妳的敵人其實是不斷在幫助妳的。」

「我好寂寞呀。」

「肯定所有人都是寂寞的。」

「你不會呀，你有工作嘛。我可是什麼都沒有呢。」

「那就去找啊。」

「我只能找到你啊。畢竟我就一直躺在這兒看著天花板。」

「好了，別再說了，就當成我們都寂寞吧。我有截稿日，要是今天不寫完，對方可是會相當為難的。」

「反正你就是這樣。截稿日比我重要多啦。」

「不是的，所謂截稿日，就是對方能夠退讓的最後底線。我既然接受了這個所謂的底線，那就不能只考量自己的問題啊。」

「沒錯，你就是這麼理智。你總是如此。我最討厭像你這麼理智的人了。」

「妳既然成了我的家人，那麼對於其他人給我的底線，妳也跟我有同樣的責任。」

「那種東西，你別接受就好啦。」

「但是這樣妳我要怎麼生活？」

「要是你那麼冷淡，那我，不如還是死了好。」

結果他只能默默跑到庭院裡頭去深呼吸，接著又拿起包袱巾，悄悄到鎮上去買當天要吃的內臟。

然而，她那套「牢籠中的理論」，以全身奮起的激昂，刻不容緩地追上那繫在牢籠外團團轉的他的理論。為此，她在牢籠中製造的病態的尖銳理論，每天都在加速破壞她的肺部組織。

過去她圓潤光滑的手腳，如今瘦得像是竹子；輕敲胸膛，還會發出宛如紙糊物品的聲響。就這樣，她連自己喜愛的雞鴨內臟，也都不屑一顧了。

為了要挑起她的食慾，他把那些從海裡打撈來的各種新鮮魚類排在廊邊開始說明。

「這是鮟鱇魚，是在海裡舞到筋疲力盡的小丑。這蝦是虎蝦，牠們是穿戴盔甲倒下的海中武士。這竹筴魚正是被暴風捲起的樹葉。」

「我寧可讀讀聖經好了。」她說。

他像保羅那樣拿著魚，用充滿不祥的預感般看著妻子的臉龐。

「我已經什麼都不想吃了，我希望你每天讀一次聖經給我聽。」

實在拗不過她，從那天起他只好拿出早已髒污的聖經朗讀。

「耶和華啊，求你聽我的禱告，容我的呼求達到你面前！我在急難的日子，求你向我側耳；不要向我掩面！我呼求的日子，求你快快應允我！因為，我的年日如煙雲消滅；我的骨頭如火把燒著。我的心被傷，如草枯乾，甚至我忘記吃飯。」

然而，不祥之事仍接踵而來。一天，暴風雨的夜晚終於過去，
第二天，庭院的池子裡，那遲鈍的烏龜已經逃走。

由於妻子的病情逐漸加重，他漸漸離不開她的病榻旁。她的嘴裡每分鐘都會咳出痰來。既然她無法自己弄掉，就只能由他來處理掉了。同時她也出現了嚴重的腹痛，會不分晝夜，突然劇烈地咳嗽，這樣的情況每天大概會有五次左右。每次她都用力地巴著抓著他的胸口，萬分痛苦。他覺得自己不能像個病人，須得非常冷靜；但愈是冷靜，她便愈發在苦悶當中邊咳邊斥責他。

「人家在痛苦的時候，你呀、你呀，卻想著別的事情。」

「唉呀，妳安靜點，別大呼小叫的。」

「就是你這麼冷靜，我才覺得討厭。」

「我現在明明很慌張。」

「你閉嘴啦。」

她搶下他拿著的紙，一把擦掉自己的痰以後丟向他。

他要一手到處擦拭她全身流出的汗水，一手不斷拭去她嘴裡咳出的痰才行。他蹲到腰都麻了。她痛苦至極，瞪著天花板，揮動兩手搥打他的胸膛。而他用來擦拭汗水的毛巾勾住了她的睡衣。

結果，她踢開被子，掙扎抖動著硬要起身。

「不行、不行，別動啊。」

「好痛苦，好痛苦。」

「冷靜點。」

「好痛苦。」

「這樣不行啦。」

「吵死了。」

他有如一面盾牌不斷遭受擊打，卻仍然按摩著她瘦骨嶙嶙的胸口。

然而他想，即便這麼痛苦，比起妻子健康時給自己的嫉妒之苦，亦可算是溫和了幾倍。這樣看來，相較於妻子健康的肉體，她這副帶著腐敗的肺臟的病軀，似乎更能為自己帶來幸福。

——這可新鮮了。我別無他法，只能拚命攀附著這無比新鮮的解釋。

他每次想到這個新鮮的解釋，總是眺望著大海，突然間哈哈大笑起來。

於是妻子又再次提出那套牢籠中的狹窄理論，一臉苦楚地看著他。

「好啦，我可是很明白你為什麼會發笑呢。」

「不，我覺得比起妳身子好好的、穿著洋裝、活潑吵鬧的時候，現在靜靜地躺著還真是令人感激呢。最重要的是，妳這樣臉色蒼白顯得相當優雅。就是這樣，妳就好好躺著吧。」

「你呀，你就是這種人。」

「就因為我是這種人，才能滿懷感恩地照顧病人呢。」

「照顧病人照顧病人……你動不動就要提這件事。」

「我可是自豪得很呢。」

「我一點也不想要你這樣照顧。」

「可是，假設我去了隔壁房間三分鐘，妳不就會鬧得好像我拋下妳三天一樣嗎？來，妳倒是說說看啊。」

「我希望人家照顧我的時候，就別多說些什麼了。要是對我擺臉色，還是嫌我麻煩，這樣的照顧我一點都不覺得感謝。」

「但是所謂的照顧病人，本來就帶有一種麻煩的性質啊。」

「這我明白，所以我才希望你別說嘛。」

「對了，這個嘛，為了要照料妳這個病人，應該把整個家族通通拉來，準備個幾百萬元，還有大概十個博士，和一百個護士吧。」

「我才不想要你做那些，我只想要你一個人來。」

「也就是說，你是要我一個人充當十個博士、一百個護士，還有百萬身價的銀行經理是吧。」

「我可沒有那樣說。我只要你一直待在我的身旁就能安心了。」

「所以就說啦，我稍微皺個眉、抱怨一下，妳就忍耐點吧。」

「要是我死了，那也是要怨你恨你惱你，才會死掉。」

「這種程度的小事，我無所謂啦。」

妻子沉默。然而他卻能感覺到，妻子依然像是想用什麼東西來刺傷他，沉默著、拚了命地釐清思緒。

但是妻子的病情加重，他仍然得要思索自己的工作和生活問題才行。不過他在照料妻子與睡眠不足下，逐漸感到疲憊。他明白自己愈是疲累，就愈是無法工作。而他要是無法好好工作，那他的生活必然要發生困難。儘管如此，病人高漲的費用，和他日漸困難的生活明顯成為正比。況且，就算有這樣的問題，他愈發疲勞仍是不爭的事實。

——這樣一來，我到底該怎麼辦才好？

——我也真想在這裡患病，這樣一來，我就可以什麼也不缺地死去了。

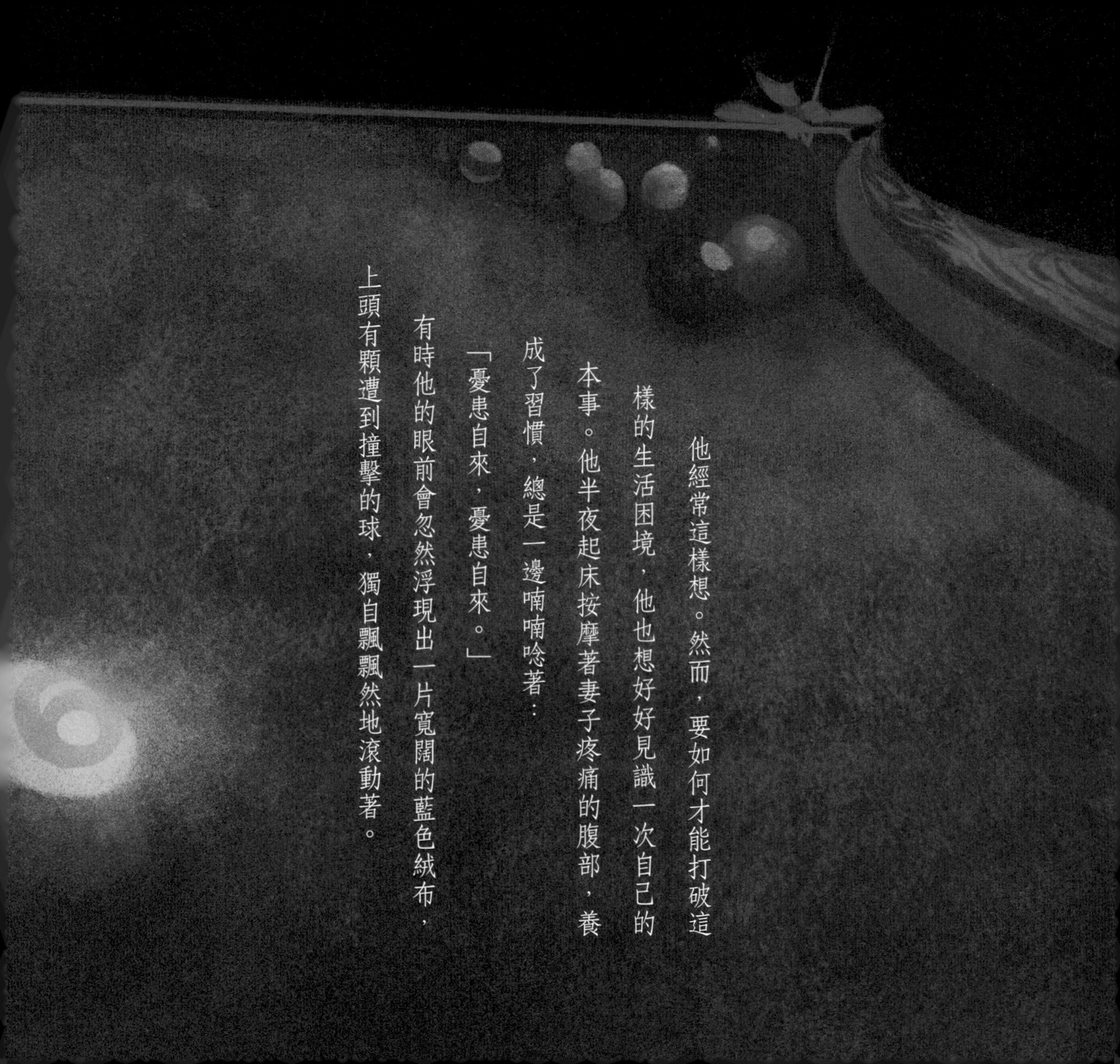

他經常這樣想。然而，要如何才能打破這樣的生活困境，他也想好好見識一次自己的本事。他半夜起床按摩著妻子疼痛的腹部，養成了習慣，總是一邊喃喃唸著：

「憂患自來，憂患自來。」

有時他的眼前會忽然浮現出一片寬闊的藍色絨布，上頭有顆遭到撞擊的球，獨自飄飄然地滾動著。

——那是我的球呀，但又是誰這樣胡亂去撞我的球呢？

「你呀，用力點揉啊。你為什麼覺得這麼厭煩呢？你原本不是這樣的，你原本會更親切地為我按摩肚子呀。但是如今、最近卻，啊啊好痛、好痛呀！」她說著。

「我也開始感到累了，我想我也要不行了，這樣的話，我們就能兩個人一起悠哉地躺下來了。」

一聽這話，她馬上安靜了下來，用彷彿在地板下鳴叫的蟲子般悲切的聲音喃喃說著。

「我已經對你說了太多任性話對吧。如今，我什麼時候死都無所謂了。我很滿足的呀。你快去睡吧，我會忍著的。」

一聽她這麼說，他忍不住落淚，絲毫沒想要停下那按摩著她腹部的手。

庭院裡的草皮由於冬日的海風而乾枯，玻璃門整天都像攬客馬車的門板一樣顫抖。他已經有好長一段時間，都忘了家門外有一片大海。

有天他前往醫師那裡拿妻子的藥。

「對了，有件事情我早就想跟你說了。」

醫師開口。

「您夫人真的已經不行了哪。」

「噢。」

他清楚感受到自己的臉色逐漸蒼白。

「左邊的肺部已經等於沒有了，而且右邊也還在惡化。」

他沿著海濱，如同一件貨物般被車子一路搖回來。那一片晴朗而明亮的海洋，在他的面前如若一簾遮蔽死亡的單調布幔，垂掛在眼前。他希望就這樣持續下去，別看見妻子。若是沒看見她，一定會一直覺得妻子還活著。

他回到家，立刻進入自己的房間。然後開始思考，該怎麼樣才能夠不要看見妻子的臉龐呢？於是他走到庭院裡，躺在草皮上，身體筋疲力盡、沉重不已。

眼淚無力地落下，他仔仔細細地拔著草皮的葉片。

「死是什麼？」

不過就是再也見不到面罷了，他想。過了好一會兒，他終於理好紛亂的心情，走進妻子的病房。

妻子默默凝視著他的臉龐。

「妳想不想要什麼冬天的花兒？」

「你哭了呢。」妻子說。

「沒有。」

「有的。」

「我沒有哭的理由啊。」

「我明白的，醫生說了什麼？」

妻子如此肯定，默默眺望著天花板，看來並沒有特別悲傷。他在她枕邊的藤椅坐下，像是要更加牢記她的臉龐般直盯著瞧。

——再過不久，兩人之間的門扉就要被關上了。

——然而，她和我，已經把能給彼此的東西都給了。現在已經沒有留下任何東西。

從那天起，他完全照她所說的去做，就像是個機械一般。他心想這就是自己能給她的最後的餞別了。

一天，妻子在極端的痛苦之後對他說：

「欸，親愛的，下次幫我買嗎啡回來吧。」

「要做什麼？」

「我要吃啊。聽說吃了嗎啡以後，就能夠一直睡下去，不會醒來呢。」

「也就是死亡嗎？」

「是呀，我可是一點兒也不怕死呢，要是死了該有多好。」

「妳什麼時候變得這樣偉大啦？到了這種程度，人類的確是何時死了都無所謂呢。」

「不過我總覺得有些對不起你。一直害你那麼痛苦，實在對不起。」

「嗯。」他回應道。

「我其實很明白你的心意，卻還是說了這麼多任性的話，那不是我說的，是我的病說的呀。」

「沒錯，是妳的病。」

「我已經寫好了遺言那類的東西，但現在不能給你看。就放在我的床下，等我死了你再看吧。」

他沉默不語。——事實上應該要感到悲傷，然而他還不想說出那些理應悲傷的話語。

花壇的石子旁，天竺牡丹的球根被刨了出來，在霜雪中腐爛。不知何處來的野貓取代了那隻烏龜，悠哉地在他那空蕩蕩的書齋中漫步。妻子終日痛苦，不言不語。她只是怔怔地望著海上突出於水平線、閃閃發光的海角。

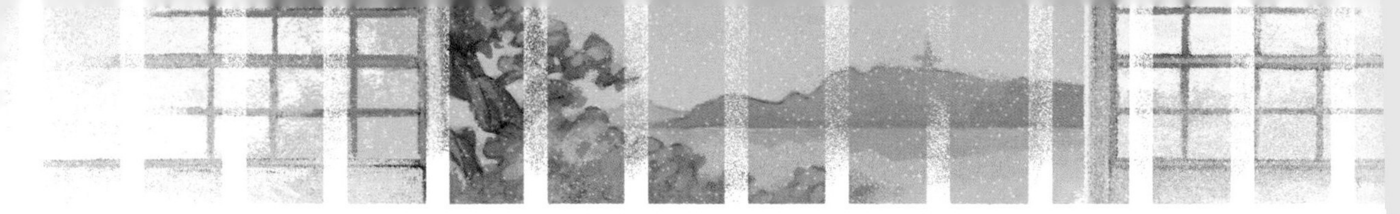

他時常在妻子身旁，朗誦她要求聆聽的聖經段落。

「耶和華啊，求你不要在怒中責備我，也不要在烈怒中懲罰我！耶和華啊，求你可憐我，因為我軟弱。耶和華啊，求你醫治我，因為我的骨頭發戰。我心也大大地驚惶。耶和華啊，你要到幾時才救我呢？耶和華啊，求你轉回搭救我！因你的慈愛拯救我。因為，在死地無人記念你……」

他聽見了她的啜泣聲。於是停了下來，看著妻子。

「妳是在想什麼吧。」

「我的骨頭會去哪裡呢？總覺得好在意啊。」

——她的心裡想的是自己的骸骨。——他無法開口回答。

——已經不行了。

他的心靈和頭部一同垂了下去，而妻子的眼淚也流得更加洶湧。

「怎麼啦？」

「我的骨頭無處可去呀，我該怎麼辦呢？」

他連忙再次讀起聖經來當成回答。

「神啊，求你救我！因為眾水要淹沒我。我陷在深淤泥中，沒有立腳之地；我到了深水中，大水漫過我身。我因呼求困乏，喉嚨發乾；我因等候神，眼睛失明。」

他和妻子如同一對枯萎的花莖，日日夜夜沉默並列於此。不過，如今兩人已經完全準備好面對死亡。無論發生什麼事情，都沒什麼好怕的。於是他陰暗而消沉的家裡，那從山上運來的水甕中的水，總像平靜的心靈般清澈而滿盈。

每天早晨在妻子仍在安睡時，他都會赤腳走在剛從海面抬頭的嶄新陸地上。前一天晚上漲潮時被打上岸的海草，冰冷地纏住他的腳；有時候，那彷彿被風兒吹跑而迷路來此的海邊稚童，會搖搖晃晃地爬上那生有翠綠海苔而滑溜的突岩。

海面上的點點白帆變多了，海邊白色的
道路也逐日熱鬧了起來。一天，有朋友意外地從
海角另一頭送了束香豌豆花來到他這裡。

在這長久以來寒風蕭瑟的家裡，初次有早春的氣息來訪。
他以沾滿花粉的手，有如供奉著什麼似的將花束捧進妻子的房間。

「春天終於來了。」

「唉呀，真漂亮哪。」妻子說著，微笑著將衰弱纖細的手伸向花朵。

「這真的是很漂亮對吧。」

「是從哪裡來的呢？」

「這些花兒是乘坐在馬車上，沿著海岸一路撒下春天而來的。」

妻子從他的手上接過花束，用兩手緊抱在胸前。然後，她將蒼白的面孔埋進明亮的花束裡，神情恍惚地閉上了眼。

＊本書之中，雖然包含以今日觀點而言恐為歧視用語或不適切的表現方式，但考慮到原著的歷史背景，予以原貌呈現。

譯註

裡封面

本作《春天乘坐於馬車上》為橫光利一代表作之一，被列為《病妻三部曲》的第一篇作品，後兩篇分別為〈花園的思想〉與〈蛾無所不在〉。〈花園〉當中妻子病情更重，因此已經住進療養院，最後一幕是妻子斷氣。〈蛾〉是橫光在妻子死後情緒仍然無法脱離，卻有隻蛾一直出現在眼前彷彿就是妻子。本書的書皮取下後的設計圖樣即為蛾。

第26頁

【保羅】〔ポウロ〕使徒保羅，為基督教初期傳教者。

第38頁

引用聖經詩篇第102篇。

【憂患自來】節錄熊澤蕃山名句「憂きことの　なおこの上に　積もれかし　限りある身の　力試さん」，意思是説「憂患之事儘管加諸吾身、盡量來吧，我身雖然有限，正應以此有限之力挑戰己身極限」。

第51頁

引用聖經詩篇第6篇。

第52頁

引用聖經詩篇第69篇。

解說

一種痛且自由的——《春天乘坐於馬車上》

／洪敍銘

空間始於身體，身體是個體尋求社會認同的象徵指標（阮慶岳，1998，頁27），也因此，身體成為一個意義得以形成、價值可以交換、欲望可以流通的空間，在文學創作的世界中，遂也成為敘述者自我認同，或者和他者相互認同的基礎（趙彥寧，1998，頁143—144）。

《春天乘坐於馬車上》一書，藉著對病榻上日漸衰弱的病妻的身體凝視，展開了游動、擺盪於意識與現實之間的某種對話與辯證。誠如龔卓軍（2006）所言：「身體感可以說是身體經驗的種種模式變樣當中不變的身體感受模式，是經驗身體（lived body）的構成條件」（頁69），意即透過「身體」的「感受」，能夠建構某種「經驗」，因此它反映的不僅是主體對他者的各種知覺經驗的總和，也同時關聯了主體身體內部的覺察。

因此，這種身體感聯繫了主體內／外，以及過去與現在之間，它「不僅來自過去經驗的積澱，也帶領我們的感知運作，指向對於未來情境的投射、理解與行動」（龔卓軍，2006，頁70）。當身體作為一種中介的場域，就可以透過身體對於各種知覺的反應或反射，理解主體如何運作這些感知，以及如何同時嘗試理解外在的對象與內在的自我。

本書透過丈夫與妻子兩個人物的互動，描述了一組互為對映的姿態連結，隨著情節時間的進展，展現出相互牽制或說牽絆的關係。當丈夫看著因內臟而食慾大開的妻子，形容她為一頭神秘的野獸時，一種「束縛」與「不自由」的情緒油然而生；妻子也因為丈夫表面上對「遠離她」的嚮往，產生了猜忌與怨懟——然而，困在「疾病」這個牢籠裡的，事實上是妻子，在這個段落的敘述中，卻形構了一個巨大悲劇的開端，已令人分不清究竟是包裹著恨的愛，或者是披著愛的表皮的恨？

疾病是一種被語義化的身體現象，許多疾病會被賦予特殊的語義，形成某種特定的道德價值批判，甚至出現妖魔化／神蹟式的想像與敘事。在妻子的疾病敘事裡，她不斷沿著李宇宙（2003）所言「我和我的身體有時是斷裂的，有時則合而為一」（頁55）的狀態，在與丈夫看似雞毛蒜皮的爭吵對話中，卻也聚焦於兩者的權力關係，以及自身對於疾病的恐懼和抗拒上，也因此，妻子常陷於一種無限的迴圈中：

「痛苦（生理）」→「不被（丈夫）理解」→「不如死了的好」→「求生」→「痛苦（瀕死經驗）」→……。

儘管妻子將死亡視為理所當然，但她與丈夫激烈爭執的拉扯過程中，卻往往能夠看見她嘗試著以「傷害」對方，刺激自我防禦機制的生成，並轉化成「人家在痛苦的時候，你呀、你呀，卻想著別的事情」這種對丈夫的怨懟，作為某種「求生意志」的展現；卻也因為對「疾病」揮之不去的「致命性」的未知恐懼與排斥，這些爭吵也持續地、疲憊且永無止盡地重述，這些關於身體、心理創傷的敘述時常跳接，暗示著異樣的身體感知。

也就是說，本書嘗試展現出一種疾病化的身體隱喻，身體受到疾病的糾纏與折磨，最後確實也產生了「那實在不是我說的。是我的病說的呀」的愧疚與逃避——或者，這才是所有疾病的真實面貌。

另一方面，人們往往得以利用、監控自己的身體，遂行各種機能；有時也能透過消費、宰制別人的身體，完成自己的慾望（李宇宙，2003，頁55），也就是說，人可以透過「宰制」另一個身體進而完成自己的慾望；然而，丈夫在與妻子及其疾病的應對表現上，產生一種與傳統疾病敘事不盡相同的觀看。丈夫從頭到尾就如他所言，是一支透明的燒瓶，他雖然無法感同身受妻子的痛，卻能在身體與經驗的反射中，體會那種綜合著「孤獨」、「寂寞」、「懼怕」的苦；妻子不斷地質疑丈夫過於冷靜，他卻說，「我明明就很慌張」。

又或許，這才是世界上最遙遠的距離，在看似無法對焦的焦躁中，我們表面上看著妻子在疾病中的垂死掙扎，然而丈夫的角色卻至關重要，他似乎無可自拔地陷於「死↓邁向自由／活

→延續痛苦」的二擇一選項裡，因此他仍然會表現出對妻子的厭棄，但卻在妻子極其痛苦之時，捨不得放開按摩妻子腹部的雙手。此時此刻，他彷彿也無法抽離這場疾病所帶來的痛苦風暴，丈夫的疲憊，讓他恨不得也能夠罹患疾病，同樣感到不足地死去。

這段敘述可說是全書中最為動人的時刻——因為對他而言，妻子的死是必然的，但是活下來的自己，勢必要獨自面對剩下來的一切：

——再不久，兩人之間的門扉就要被關上了。

——然而，她和我，已經把能給彼此的東西都給了。現在已經沒有留下任何東西。

從那天起，他完全照她所說的去做，就像是個機械一般。他心想這就是自己能給她最後的餞別了。

等待死亡降臨的過程，實際上並不浪漫，那種漫長的、沉默的等待，吞噬了所有的意志；原本的嘈雜爭論，也漸漸化為殘忍的無聲。有太多真實的事件在描述這個過程，人們在面對生命的終結時，究竟應該邁向和解，或者雙方帶著遺憾抵達彼此的世界？

本書最後通往的世界還是美的，而且是來自於對於真實世界之美的描述，當然，也包含著著深沉的遺憾，以及積累已久的壓力與倦怠；橫光利一眼中所見的都是具象的事物，人們的情緒，也會因此改變、影響著外在環境的轉換；疾病終究是痛苦的，然而最終結尾花朵伴隨著春天的來臨，或許，也讓原本難以收拾的殘局，有了更值得念想、記憶甚至珍藏的可能——也是一種愛的可能。

參考資料

李宇宙（2003）。〈疾病的敘事與書寫〉。《中外文學》，31（12），49—67。

阮慶岳（1998）。〈一夜魚龍舞——試看同志空間〉。載於阮慶岳著，《出櫃空間：虛擬同志城》（頁24—36）。元尊。

趙彥寧（1998）。〈看不見的權力：非生殖／非親屬規範性論述的認識論分析〉。《新聞學研究》，56，135—153。

龔卓軍（2006）。《身體部屬——梅洛龐帝與現象學之後》。心靈工坊。

解說者簡介／洪敍銘

文創聚落策展人、文學研究者與編輯。「托海爾：地方與經驗研究室」主理人，著有台灣推理研究專書《從「在地」到「台灣」：論「本格復興」前台灣推理小說的地方想像與建構》、〈理論與實務的連結：地方研究論述之外的「後場」〉等作，研究興趣以台灣推理文學發展史、小說的在地性詮釋為主。

譯者

黃詩婷

由於喜愛日本文學及傳統文化，自國中時期開始自學日文。大學就讀東吳大學日文系，畢業後曾於不同領域工作，期許多方經驗能對解讀文學更有幫助。為更加了解喜愛的作者及作品，長期收藏了各種版本及解說。現為自由譯者，期許自己能將日本文學推廣給更多人。

TITLE

春天乘坐於馬車上

STAFF

出版	瑞昇文化事業股份有限公司
作者	橫光利一
繪師	いとうあつき
譯者	黃詩婷
總編輯	郭湘齡
責任編輯	張聿雯
美術編輯	許菩真
排版	許菩真
製版	明宏彩色照相製版有限公司
印刷	桂林彩色印刷股份有限公司
法律顧問	立勤國際法律事務所　黃沛聲律師
戶名	瑞昇文化事業股份有限公司
劃撥帳號	19598343
地址	新北市中和區景平路464巷2弄1-4號
電話	(02)2945-3191
傳真	(02)2945-3190
網址	www.rising-books.com.tw
Mail	deepblue@rising-books.com.tw
初版日期	2022年11月
定價	400元

國家圖書館出版品預行編目資料

春天乘坐於馬車上/橫光利一作；黃詩婷譯. -- 初版. -- 新北市：瑞昇文化事業股份有限公司, 2022.11
72面；18.2X16.4公分

ISBN 978-986-401-586-3(精裝)

861.57　　111015293